KB053251

멋진 대장!

글 이주현 | 그림 남난주

숨쉬는 책공장

글 **이주현**

대학에서 행정학과 문예창작학을 공부하고 대학원에서 현대문학을 공부한 뒤 아동청소년문학으로 문학박사학위를 받았어요. 학생들을 가르치는 일을 하다가 지금은 병원에서 코디네이터로 일하며 글 쓰는 일도 하고 있어요. 2000년 계간지 《동시와 동화나라》에서 공모한 동화 부문에서 〈삼촌이 셋〉으로 신인문학상을 수상했고, 2010년 제8회 푸른문학상 청소년소설 부문에서 〈캐모마일 차 마실래?〉가 당선되었어요. 〈캐모마일 차 마실래?〉는 《외톨이》(공저)에 실렸고, 〈동네 장학생〉은 《내 이름을 불러 봐》(공저)에 수록되었어요. 또 다른 책으로 《샛별처럼 빛나는 방방곡곡 여성 위인들》도 있어요.

그림 **남난주**

시각디자인을 전공하고 지금은 일러스트레이터로 활동하고 있어요.
여성과 퀴어에 관한 따뜻하고 소소한 이야기를 쓰고 그리는 것을 좋아한답니다.

멋진 대장!

발행일 2019년 3월 25일

글 이주현
그림 남난주
디자인 이진미
편집 김유민
펴낸이 김경미
펴낸곳 숨쉬는책공장
등록번호 제2018-000085호
주소 서울시 은평구 갈현로25길 5-10 A동 201호(03324)
전화 070-8833-3170 **팩스** 02-3144-3109
전자우편 sumbook2014@gmail.com
페이스북 /soombook2014 **트위터** @soombook

값 12,000원 | ISBN 979-11-86452-39-4 / 979-11-952560-5-1 (세트) 04800

잘못된 책은 구입한 서점에서 바꿔 드립니다.
이 도서의 국립중앙도서관 출판예정도서목록(CIP)은 서지정보유통지원시스템 홈페이지(http://seoji.nl.go.kr)와
국가자료공동목록시스템(http://www.nl.go.kr/kolisnet)에서 이용하실 수 있습니다. (CIP제어번호 : CIP2019009054)

숨쉬는책공장 너른 안이 시리즈는 가려져 잘 보이지 않는 세상 이야기를 구석구석 들춰 살펴봄으로써,
아이들이 스스로 넓은 시각을 가질 수 있도록 돕는 그램책 시리즈입니다.

멋진 대장!

글 이주현 | 그림 남난주

숨쉬는 책공장

멧돼지 대장이 물러나고

호랑이가 대장이 되었어요.

토끼, 청설모, 산양은 힘센 멧돼지 대장에게

잘 보이려고 선물을 주었던 것처럼

호랑이 대장에게 줄 선물을 고민했어요.

토끼가 선물 상자를 들고

폴짝폴짝 뛰어갑니다.

"아주 달콤한 당근 케이크야."

토끼가 당근 케이크를 줬지만 호랑이 대장은 기뻐하지 않았어요.

“난 안 먹어. 너나 먹어.”

청설모가 선물 상자를 들고

콩콩 뛰어갑니다.

“아주 고소한 도토리 과자야.”

청설모가 선물을 내밀자 이번에는 호랑이 대장이 얼굴을 찡그렸어요.

“난 안 먹어. 가지고 가서 너나 먹어.”

산양이 선물 보따리를 어깨에 짊어지고

경중경중 뛰어갑니다.

"아주 맛 좋은 고기야."

산양이 고기를 건네자 호랑이 대장이 버럭 화를 냈어요.

“안 먹어! 안 먹는다고! 너나 먹으라고!”

토끼, 청설모, 산양이 함께 모여 의논했어요.

“멧돼지 대장은 선물을 갖다주면 우리에게 친절하게 잘해 줬는데.”

“호랑이 대장은 우리가 준 선물이 맘에 안 드나 봐.”

“호랑이 대장은 뭘 좋아할까?”

“우리 셋이서 큰 선물을 준비해 보는 건 어때?”

“그래! 그게 좋겠어.”

토끼, 청설모, 산양은 커다란 선물 상자를
수레에 실어 함께 끌고 갔어요.

"이 선물은 우리 셋이서 정성껏 마련한 거야."

"제발 이번에는 받아 줘."

호랑이 대장은 입을 아주 크게 벌려

이빨을 모두 드러내며 소리쳤어요.

"난 선물을 받고 싶지 않아!

다신 갖고 오지 마!"

“도대체 호랑이 대장은 무엇을 원하는 거지?”

토끼, 청설모, 산양은 투덜거렸어요.

그사이 호랑이 대장이 준비해 둔 선물 꾸러미를 들고

밖으로 나왔어요.

“얘들아, 내가 원하는 건…….”

"바로 이렇게 나누는 거야!"

“와! 우리 대장, 최고!”
“우리 대장, 만세!”